KB081906

정든 달

김영랑

정든 달

김영랑

사과꽃

Henri Martin Henri-Jean
Harmonie

차례

1 내 청춘의 어느 날

12 1 내 마음의 끝없는 강물

13 2 돌담에 속삭이는 햇발같이

14 3 언덕에 바로 누워

15 4 뉘 눈길에 쏘이었소

16 5 오—매, 단풍 들겠네

17 6 바람이 부는 대로

18 7 눈물에 실려 가면

19 8 쓸쓸한 뫼 앞에

20 9 굽어진 돌담을 돌아서

21 10 님 두시고 가는 길

22 11 흰 날의 내 가슴

23 12 풀 위에 맺히는 이슬을 본다

24 13 좁은 길가에 무덤이 하나

25 14 밤사람 그립고야

26 15 숲 향기 숨길을

27 16 저녁때 외로운 마음

28 17 가을은 애달프다

29 18 산골을 놀이터로 커난 시악시

30 19 그 색시 서럽다

31 20 내 청춘의 어느 날

32 21 뺄은 가슴을 흰히 벗고

33 22 다정히도 불어오는 바람

34 23 떠나는 마음

35 24 그이의 젖은 옷깃

36 25 바늘 끝같이

37   26 사랑과 맹세

38   27 미움이란 말

39   28 외론 밤 찬별

40   29 너른 들 쓸쓸하야

41   30 폴 · 베르레느 찾는 날

42   31 내일 또

43   32 향내 없다고 버리실나면

44   33 꼭 한 분

45   34 보실보실 가을 눈이

46   35 시골 이 정거장

47   36 부끄러운 때

48   37 꼭 감긴 눈 속에

49   38 종이 등불 수줍은

50   39 눈물을 삼키며 기쁨을 찾노라다

51   40 떠나가는 배

52   41 아파 누워 혼자 비노라

53   42 저녁 보랏빛

54   43 내 마음을 아실 이

55   44 바람따라 가지

56   45 모란이 피기까지는

57   46 희미해지는 꿈만 뒤쫓았으나

59   47 시절이 가엽고 멀어라

60   48 하찮은 인간 하나

61   49 나는 나 하나인 외론 벗

62   50 마당 앞 맑은 새암

63   51 정든 달

65   52 네 눈물

67   53 평생 못 떠날 내 집

2 이다지도 외로운 사람

70   거문고

71   가야금

72   달맞이

73   오월

74   연 1

75   독毒을 차고

76   한 줌 흙

77   강물

78   한길에 누어

79   묘비명

80   호젓한 노래

81   우감

83   춘향

86   집

88   북

90   바다로 가자

92   놓인 마음

93   연2

94   절망

96   겨레의 새해

97   망각

99   발짓

100   행군

101   5월 아침

103   수풀 아래 작은 샘

104   언 땅 한길

105   지반추억 地畔追憶

107   천리를 올라온다

109   어느 날 어느 때고

110   오월한

113   마음의 언어와 '촉기燭氣'의 미의식의 여정 • 홍용희

122   시인의 자료

124   김영랑 시인 연보

1

내 청춘의 어느 날

1 내 마음의 끝없는 강물

내 마음의 어딘 듯 한편에 끝없는
강물이 흐르네
돋쳐 오르는 아침 날빛이 빤질한
은결을 도도네
가슴엔 듯 눈엔 듯 또 핏줄엔 듯
마음이 도른도른 숨어있는 곳
내 마음의 어딘 듯 한편에 끝없는
강물이 흐르네

2 돌담에 속삭이는 햇발같이

돌담에 속삭이는 햇발같이
풀 아래 웃음 짓는 샘물같이
내 마음 고요히 고운 봄길 위에
오늘 하루 하늘을 우러르고 싶다

새악시 볼에 떠오는 부끄럼같이
시의 가슴을 살포시 젓는 물결같이
보드레한 에메랄드 얕게 흐르는
실비단 하늘을 바라보고 싶다

3 언덕에 바로 누워

언덕에 바로 누워
아슬한 푸른 하늘 뜻없이 바래다가
나는 잊었습네 눈물 도는 노래를
그 하늘 아슬하여 너무도 아슬하여

이 몸이 서러운 줄 언덕이야 아시련만
마음의 가는 웃음 한때라도 없더라냐
아슬한 하늘 아래 귀여운 맘 질기운 맘
내 눈은 감기였데 감기였데.

4 뉘 눈길에 쏘이었소

뉘 눈길에 쏘이었소
온통 수줍어진 저 하늘빛
담 안에 복숭아꽃이 붉고
밖에 봄은 벌써 재앙스럽소

꾀꼬리 단둘이 단둘이로다
빈 골짝도 부끄러워
혼란스런 노래로 흰구름 피어올리나
그 속에 든 꿈이 더 재앙스럽소

5 오—매, 단풍 들것네

"오—매, 단풍 들것네."
장광에 골 붉은 감잎 날아오아
누이는 놀란 듯이 치어다보며
"오—매, 단풍 들것네."

추석이 내일모레 기둘리니
바람이 자지어서 걱정이리
누이의 마음아 나를 보아라.
"오—매, 단풍 들것네."

6   바람이 부는 대로

"바람이 부는 대로 찾아가오리"
홀린 듯 기약하신 님이시기로
행여나! 행여나! 귀를 쫑긋이
어리석다 하심은 너무로구려

문풍지 설움에 몸이 저리어
내리는 함박눈 가슴 해어져
헛보람! 헛보람! 몰랐으료만
날더러 어리석단 너무로구려

7 눈물에 실려 가면

눈물에 실려 가면 산길로 칠십 리
돌아보니 찬바람 무덤에 몰리네
서울이 천 리로다 멀기도 하련만
눈물에 실려 가면 한 걸음 한 걸음

뱃장 위에 부은 발 쉬일까 보다
달빛으로 눈물을 말릴까 보다
고요한 바다 위로 노래가 떠간다
설움도 부끄러워 노래가 노래가

8 쓸쓸한 뫼 앞에

쓸쓸한 뫼 앞에 호젓이 앉으면
마음은 가라앉은 양금줄 같이
무덤의 잔디에 얼굴을 부비면
넋시는 향 맑은 구슬 손같이
산골로 가노라 산골로 가노라
무덤이 그리워 산골로 가노라

9 굽어진 돌담을 돌아서

굽어진 돌담을 돌아서 돌아서
달이 흐른다 놀이 흐른다
하이얀 그림자
은실을 즈르르 모라서
꿈 밭에 봄마음 가고 가고 또 간다

10 님 두시고 가는 길

님 두시고 가는 길의 애끈한 마음이여
한숨 쉬면 꺼질 듯한 조매로운 꿈길이여
이 밤은 캄캄한 어느 뉘 시골인가
이슬같이 고인 눈물을 손끝으로 깨치나니

11 흰 날의 내 가슴

허리띠 매는 시악시 마음실같이
꽃가지에 은은한 그늘이 지면
흰 날의 내 가슴 아지랑이 낀다
흰 날의 내 가슴 아지랑이 낀다

12 풀 위에 맺히는 이슬을 본다

풀 위에 맺히는 이슬을 본다
눈썹에 아롱지는 눈물을 본다
풀 위에 정기가 꿈같이 오르고
가슴은 간곡히 입을 버린다

13 좁은 길가에 무덤이 하나

좁은 길가에 무덤이 하나
이슬에 젖으며 밤을 새인다
나는 사라져 저 별이 되오리
뫼 아래 누워서 희미한 별을

14 밤사람 그립고야

밤사람 그립고야
말없이 걸어가는 밤사람 그립고야
보름 넘은 달 그리매 마음 아이 서러오아
오랜 밤을 나도 혼자 밤사람 그립고야

15 숲 향기 숨길을

숲 향기 숨길을 가로 막았소
발끝에 구슬이 깨어지고
달 따라 들길을 걸어다니다
하룻밤 여름을 새워버렸소

16 저녁때 외로운 마음

저녁때 저녁때 외로운 마음
붙잡지 못하여 걸어다님을
누구라 불어주신 바람이기로
눈물을 눈물을 빼앗아가오

17 가을은 애달프다

무너진 성터에 바람이 세나니
가을은 쓸쓸한 맛뿐이구려
희끗희끗 산국화 나부끼면서
가을은 애달프다 속삭이느뇨

18 산골을 놀이터로 커난 시악시

산골을 놀이터로 커난 시악시
가슴속은 구슬같이 맑으련마는
바라뵈는 먼 곳이 그리움인지
동우 인 채 산길에 섰기도 하네

19 그 색시 서럽다

그 색시 서럽다 그 얼굴 그 동자가
가을 하늘가에 도는 바람 섞인 구름 조각
헬슥하고 서느라워 어디로 떠갔으랴
그 색시 서럽다 옛날의 옛날의

20　내 청춘의 어느 날

바람에 나부끼는 갈잎
여울에 희롱하는 갈잎
알만 모를만 숨 쉬고 눈물 맺은
내 청춘의 어느 날 서러운 손짓이여

21 뻘은 가슴을 훤히 벗고

뻘은 가슴을 훤히 벗고
개풀 수줍어 고개 숙이네
한낮에 배란 놈이 저 가슴 만졌고나
뻘건 맨발로는 나도 작고 간지럽고나

22 다정히도 불어오는 바람

다정히도 불어오는 바람이길래
내 숨결 가볍게 실어 보냈지
하늘가를 스치고 휘도는 바람
어이면 한숨만 몰아다 주오

23 떠나는 마음

떠나러가는 마음의 포렴한 길을
꿈이런가 눈감고 헤아리려니
가슴에 선뜻 빛깔이 돌아
생각을 끊으며 눈물 고이며

24 그이의 젖은 옷깃

그밖에 더 아실 이 안 계실라나
그이의 젖은 옷깃 눈물이라고
빛나는 별 아래 애닯은 입김이
이슬로 맺히고 맺히었음을

25 바늘 끝같이

뵈지도 않는 입김의 가는 실마리
새파란 하늘 끝에 오름과 같이
대숲의 숨은 마음 기여 찾으려
삶은 오로지 바늘 끝같이

26 사랑과 맹세

사랑은 깊은 푸른 하늘
맹세는 가볍기 흰 구름 쪽
그 구름 사라진다 서럽지는 않으나
그 하늘 큰 조화 못 믿지는 않으나

27 미움이란 말

미움이란 말 속에 보기 싫은 아픔
미움이란 말 속에 하잔한 뉘침
그러나 그 말씀 씹히고 씹힐 때
한 꺼풀 넘치어 흐르는 눈물

28 외론 밤 찬별

눈물 속 빛나는 보람과 웃음 속 어둔 슬픔은
오직 가을 하늘에 떠도는 구름
다만 호젓하고 줄 때 없는 마음만 예나 이제나
외론 밤 바람 섞인 찬별을 보았습니다.

29 너른 들 쓸쓸하야

밤이면 고총 아래 고개 숙이고
낮이면 하늘 보고 웃음 좀 웃고
너른 들 쓸쓸하야 외론 할미꽃
아무도 몰래 시는 새벽 지친 별

30 폴 · 베르레느 찾는 날

빈 포키트에 손 찌르고 폴 · 베르레—느 찾는 날
왼몸은 흐렁흐렁 눈물도 찔금 나누나
오! 비가 이리 쭐쭐쭐 내리는 날은
서른 소리 한 천 마대 썼으면 싶어라

31 내일 또

저 곡조만 마저 호동글 사라지면
목 속의 구슬을 물속에 버리려니
해와 같이 떴다 지는 구름 속 종달은
내일 또 새론 섬 새 구슬 머금고 오리

32 향내 없다고 버리실나면

향내 없다고 버리실나면
내 목숨 꺽지나 마르시오
외로운 들꽃은 들가에 시들어
철없는 그이의 발끝에 조을걸

33 꼭 한 분

언덕에 누워 바다를 보면
빛나는 잔물결 헤아릴 수 없지만
눈만 감으면 떠오르는 얼굴
뵈올 적마다 꼭 한 분이구려

34 보실보실 가을 눈이

푸른 향물 흘려버린 언덕 위에
내 마음 하루살이 나래로다
보실보실 가을 눈眼이 그 나래를 치며
허공의 속삭임을 들으라 한다

35 시골 이 정거장

빠른 철로에 조는 손님아
이 시골 이 정거장 행여 잊을라
한가하고 그립고 쓸쓸한 시골 사람의
드나드는 이 정거장 행여나 잊을라

36 부끄러운 때

생각하면 부끄러운 일이여라
석가나 예수같이 큰일을 하니라고
내 가슴에 불덩이가 타오르던 때
학생이란 피로 싸인 부끄러운 때

37 꼭 감긴 눈 속에

온몸을 감도는 붉은 핏줄이
꼭 감긴 눈 속에 뭉치여 있네
날낸 소리 한 마디 날낸 칼 하나
그 핏줄 딱 끊어버릴 수 없나

38 종이 등불 수줍은

제운 밤 촛불이 찌르르 녹아버린다
못 견디게 무거운 어느 별이 떨어지는가

어둑한 골목골목에 수심은 떴다 가라앉았다
제운 맘 이 한밤이 모질기도 하온가

희뿌연 종이 등불 수줍은 걸음걸이
샘물 정히 떠 붓는 안쓰러운 마음결

한 해라 기리운 정을 묻고 싸여 흰 그릇에
그대는 이 밤이라 맑으라 비사이다

39 눈물을 삼키며 기쁨을 찾노란다

내 옛날 온 꿈이 모조리 실리어 간
하늘가 닿는 데 기쁨이 사신가

고요히 사라지는 구름을 바래자
헛되나 마음 가는 그곳뿐이라

눈물을 삼키며 기쁨을 찾노란다
허공은 저리도 한없이 푸르름을

엎드려 눈물로 땅 위에 새기자
하늘가 닿는 데 기쁨이 사신다

40 떠나가는 배

창랑에 잠방거리는 섬들을 길러
그대는 탈도 없이 태연스럽다

마을을 휩쓸고 목숨 앗아간
간밤 풍랑도 가소롭구나

아침 날빛에 돛 높이 달고
청산아 보란 듯 떠나가는 배

바람은 차고 물결은 치고
그대는 호령도 하실만하다

41 아파 누워 혼자 비노라

아파 누워 혼자 비노라
이대로 가진 못하느냐

비는 마음 그래도 거짓 있나
사잔 욕심 찾아도 보나
새삼스레 있을 리 없다
힘없고 느릿한 핏줄 하나

오! 그저 이슬같이
예사 고요히 지렴으나
저기 은행잎은 떠나른다

42 저녁 보랏빛

내 가슴 속에 가늘한 내음
애끈히 떠도는 내음
저녁 해 고요히 지는 제
먼 산허리에 슬리는 보랏빛

오! 그 수심 뜬 보랏빛
내가 일흔 마음의 그림자
한 이틀 정열에 뚝뚝 떨어진 모란의
깃든 향취가 이 가슴 놓고 갔을 줄이야

얼결에 여윈 봄 흐르는 마음
헛되이 찾으랴 허덕이던 날
뻘 위에 철석 갯물이 놓이듯
얼컥 이–는 후끈한 내음

아! 후끈한 내음 내키다 마는
서어한 가슴에 그늘이 도나니
수심 뜨고 애끈하고 고요하기
산허리에 스미는 저녁 보랏빛

43 내 마음을 아실 이

내 마음을 아실 이
내 혼자 마음 날같이 아실 이

그래도 어데나 계실 것이면

내 마음에 때때로 어리우는 티끌과
속임 없는 눈물의 간곡한 방울방울
푸른 밤 고이 맺는 이슬 같은 보람을
보밴 듯 감추었다 내어 드리지

아! 그립다.
내 혼자 마음 날같이 아실 이
꿈에나 아득히 보이는가.

향 맑은 옥돌에 불이 달아
사랑은 타기도 하오련만
불빛에 연긴 듯 희미론 마음은
사랑도 모르리 내 혼자 마음은

44   바람따라 가지

바람따라 가지 오고 멀어지는 물소리
아주 바람같이 쉬는 적도 있었으면
흐름도 가득 찰랑 흐르다가
더러는 그림같이 머물렀다 흘러보지
밤도 산골 쓸쓸하이 이 한밤 쉬여가지
어느 뉘 꿈에 든 샘 소리 없든 못할소냐

새벽 잠결에 언뜻 들리여
내 무거운 머리 선뜻 씻기우느니
황금 소반에 구슬이 굴렀다.
오 그립고 향미론 소리야
물아 거기 좀 멈췄으라 나는 그윽히
저 창공의 은하만년을 헤아려보노니

45 모란이 피기까지는

모란이 피기까지는
나는 아직 나의 봄을 기다리고 있을 테요
모란이 뚝뚝 떨어져버린 날
나는 비로소 봄을 여읜 설움에 잠길 테요
5월 어느 날 그 하루 무덥던 날
떨어져 누운 꽃잎마저 시들어 버리고는
천지에 모란은 자취도 없어지고
뻗쳐오르던 내 보람 서운케 무너졌느니
모란이 지고 말면 그뿐 내 한 해는 다 가고 말아
삼백 예순 날 하냥 섭섭해 우옵내다
모란이 피기까지는
나는 아직 기다리고 있을 테요 찬란한 슬픔의 봄을

46 희미해지는 꿈만 뒤쫓았으나

　그 밤 가득한 산정기는 기척 없이 솟은 하얀 달빛에
모두 쓸리우고
　한낮을 향미로우라 울리던 시냇물 소리마저 멀고
그윽하야
　중향*의 맑은 돌에 맺은 금이슬 굴러 흐르듯
　아담한 꿈 하나 여승의 호젓한 품을 애끈히
사라졌느니

　천년 옛날 쫓기어 간 신라의 아들이냐 그 빛은
청초한 수미산 나리꽃
　정녕 지름길 섯드른 흰옷 입은 고운 소년이
　흡사 그 바다에서 이 바다로 고요히 떨어지는
별살같이
　옆 산모롱이에 언뜻 나타나 앞 골 시내로 사뿐
사라지심
　승은 아까워 못 견디는 양 희미해지는 꿈만
뒤쫓았으나
　끝없는지라 돌여 밝는 날의 남모를 귀한 보람을
품었을 뿐

---

* 불교의 향적여래가 다스린다는 중향국의 준말. 금강산을 가리킨다.

톳기라 사슴만 뛰어보여도 반듯이 그려지는 사나이
지나쳤느니

  고운 련輦*의 거동이 있음직한 맑고 트인 날 해는
기우는 제
  승의 보람은 이루어졌느냐 가엾어라 미목청수한
젊은 선비
  앞 시냇물 모이는 새파란 소에 몸을 던지시니라

            (불지암佛地庵은 내강유적內鋼幽寂한 곳에 허물어져가는 고찰古刹
                두 젊은 승이 그의 스님을 모시고 있다)

---

* 임금이 거동할 때 타고 다니는 가마

47 시절이 가엽고 멀어라

물 보면 흐르고
별 보면 또렷한
마음이 어이면 늙으뇨

흰 날에 한숨만
끝없이 떠돌던
시절이 가엽고 멀어라

안스런 눈물에 안겨
흐튼 잎 쌓인 곳에 빗방울 드듯
늣김은 후줄근히 흘러 흘러 가것만

그 밤을 홀히 안즈면
무심코 야윈 볼도 만져보느니
시들고 못 피인 꽃 어서 떨어지거라

48 하찮은 인간 하나

강선대* 돌바늘 끝에
하찮은 인간 하나
그는 벌써
불타오르는 호수에 뛰어내려서
제 몸 살렸더라면 좋았을 인간

이제 몇 해뇨
그 황홀 맛나도 이 몸 선뜻 못 내던지고
그 찰란 보고도 노래는 영영 못 부른 채

젖어드는 물결과 싸우다 넘기고
시달린 마음이라 더러 눈물 맺혔네

강선대 돌바늘 끝에 벌써
불살랐어야 좋았을 인간

---

* 평안북도 · 자강도 · 평안남도의 경계에 솟은 묘향산의 하비로지구에 있는
기암

49 나는 냐 하나인 외론 벗

사개 틀닌 고풍의 툇마루에 없는 듯이 앉어
아직 떠오를 기척도 없는 달을 기달린다
아무런 생각 없이
아무런 뜻없이

이제 저 감나무 그림자가
삿분 한 치식 올마오고
이 마루에 위에 빛깔의 방석이
보시시 깔리우면

나는 냐 하나인 외론 벗
가냘픈 내 그림자와
말없이 몸짓 없이 서로 맞대고 있으려니
이 밤 옮기는 발짓이나 들려오리라

50 마당 앞 맑은 새암

마당 앞
맑은 새암
을 들여다본다

저 깊은 땅 밑에
사로잡힌 넋 있어
언제나 먼 하늘만
내어다보고 계심 같아

별이 총총한
맑은 새암을 들여다본다

저 깊은 땅속에
편히 누운 넋 있어
이 밤 그 눈 반짝이고
그의 것몸 부르심 같아

마당 앞
맑은 새암은 내 영혼의 얼굴

51 정든 달

황홀한 달빛
바다는 은장
천지는 꿈인 양
이리 고요하다

부르면 내려올 듯
정든 달은
맑고 은은한 노래
울려날 듯

저 은장 위에
떨어진단들
달이야 설마
깨어질나고

떨어져 보라
저 달 어서 떨어저라
그 혼란스럼
아름다운 턴동 지동

후젓한 삼경*
산 위에 홀히
꿈꾸는 바다
깨울 수 없다

---

* 하룻밤을 오경으로 나눈 셋째 부분. 밤 열 한시에서 새벽 한 시 사이

52 네 눈물

울어 피를 뱉고 뱉은 피는 도루 삼켜
평생을 원한과 슬픔에 지친 적은 새
너는 너른 세상에 설움을 피로 새기려 오고
네 눈물은 수천 세월을 끊임없이 흐려놓았다.
여기는 먼 남쪽 땅 너 쫓겨 숨음직한 외딴 곳
달빛 너무도 황홀하여 후젓한 이 새벽을
송기한 네 울 천길 바다 밑 고기를 놀래고
하늘가 어린 별들 버르르 떨리겠고나

몇 해라 이 삼경에 빙빙 도-는 눈물을
슷지는 못하고 고힌 그대로 흘리웠느니
서럽고 외롭고 여윈 이 몸은
퍼붓는 네 술잔에 그만 지늘겼느니
무작정 드는 이 새벽 가지 울리는 저승의 노래
저기 성 밑에 돌아 나가는 죽음의 자랑찬 소리여
달빛 오히려 마음 어들 저 흰 등 흐느껴 가신다
오래 시들어 파리한 마음마저 가고 지워라

비탄의 넋이 붉은 마음만 낮낮 시들피느니
짙은 봄 옥 속 춘향이 아니 죽엿슬나디야
옛날 왕궁을 나신 나이 어린 임금이

산골에 홀히 우시다 너를 따라가셨드라니
고금도 마조 보이는 남쪽 바닷가 한 많은 귀향길
천 리 망아지 얼넝 소리 쇈 듯 멈추고
선비 여윈 얼굴 푸른 물에 띄웠을 제
네 한 된 울음 죽엄을 호려 불렀으리라

너 아니 울어도 이 세상 서럽고 쓰린 것을
이른 봄 수풀이 초록빛 들어 물 내음새 그윽하고
가는 댓잎에 초생달 매달려 애틋한 밝은 어둠을
너 몹시 안타까워 포실거리며 훗훗 목매였느니
아니 울고는 하마 죽어 없으리 오! 불행의 넋이여
우지진 진달내 와직 지우는 이 삼경의 네 울음
희미한 중 산이 살풋 물러서고
조그만 시골이 흥청 깨여진다

53 평생 못 떠날 내 집

호르 호르르 호르르르 가을 아침
취여진 청명을 마시며 거닐면
수풀이 호르르 벌레가 호르르르
청명은 내 머릿속 가슴속을 젖어 들어
발끝 손끝으로 새어 나가나니

온 살결 터럭 끝은 모두 눈이요 입이라
나는 수풀의 정을 알 수 있고
벌레의 예지를 알 수 있다
그리하야 나도 이 아침 청명의
가장 곱지 못한 노래꾼이 된다

수풀과 벌레는 자고 깨인 어린애
밤새어 빨고도 이슬은 남었다
남었거든 나를 주라
나는 이 청명에도 주리나니
방에 문을 달고 벽을 향해 숨쉬지 않았느뇨

햇발이 처음 쏘다오아
청명은 갑자기 으리으리한 관을 쓴다
그대에 토록 하고 동백 한 알은 빠지나니

오! 그 빛남 그 고요함
간밤에 하늘을 쫓긴 별쌀의 흐름이 저러했다

왼 소리의 앞소리오
왼 빛깔의 비롯이라
이 청명에 포근 취여진 내 마음
감각의 낯익은 고향을 찾었노라
평생 못 떠날 내 집을 들었노라

2

이다지도 외로운 사람

거문고

검은 벽에 기대선 채로
해가 스무 번 바뀌었는데
내 기린은 영영 울지를 못한다

그 가슴을 통 흔들고 간 노인의 손
지금 어느 끝없는 향연에 높이 앉았으려니
땅 위의 외론 기린이야 하마 잊어졌을나

바깥은 거친 들 이리떼만 몰려다니고
사람인 양 꾸민 잔나비떼들 쏘다 다니어
내 기린은 맘 둘 곳 몸 둘 곳 없어지다

문 아주 굳이 닫고 벽에 기대선 채
해가 또 한번 바뀌거늘
이 밤도 내 기린은 맘 놓고 울들 못한다

가야금

북으로
북으로
울고 간다 기러기

남방의
대숲 밑
뉘 휘여 날컸느뇨

앞서고 뒤섰다
어지럴 리 없으나

가날픈 실오라기
네 목숨이 조매로아*

---

* 조마로워. '조마롭다'는 매우 조마조마하거나 조마조마한 데가 있다는 뜻

달맞이

빛깔 환—히
동창에 떠오름을 기다리신가
아흐레 어린 달이
부름도 없이 홀로 났소
월출동령!
팔도 사람 맞이하오
기척 없이 따르는 마음
그대나 고히 싸안아 주오

오월

들길은 마을에 들자 붉어지고
마을 골목은 들로 내려서자 푸르러졌다.
바람은 넘실 천千 이랑 만萬 이랑
이랑 이랑 햇빛이 갈라지고
보리도 허리통이 부끄럽게 드러났다.
꾀꼬리는 엽태 혼자 날아볼 줄 모르나니

암컷이라 쫓길 뿐
수놈이라 쫓을 뿐
황금빛 난 길이 어지럴 뿐.
얇은 단장하고 아양 가득 차 있는
산봉우리야, 오늘 밤 너 어디로 가버리련?

연 1

내 어린 날!
아슬한 하늘에 뜬 연같이
바람에 깜박이는 연실같이
내 어린 날! 아슨풀하다

하늘은 파-랗고 끝없고
평평한 연실은 조매롭고
오! 흰 연 그새에 높이
아실아실 떠놀다 내 어린 날!

바람 이러 끊어 갔더면
엄마 압바 날 어찌 찾어
히끗히끗 실낫 믿고
어린 압바
어린 압바 피리를 불다

오! 내 어린 날 하얀 옷 입고
외로히 자랐다 하얀 넉 담고
조마조마 길가에 붉은 발자옥
자옥마다 눈물이 고이였었다

독毒을 차고

내 가슴에 독을 찬 지 오래로다.
아직 아무도 해害한 일 없는 새로 뽑은 독
벗은 그 무서운 독 그만 흩어버리라 한다.
나는 그 독이 선뜻 벗도 해할지 모른다 위협하고

독 안 차고 살어도 머지 않아 너 나 마주 가버리면
억만 세대億萬世代가 그 뒤로 잠자코 흘러가고
나중에 땅덩이 모지라져 모래알이 될 것임을
「허무虛無한듸!」 독은 차서 무엇하느냐고?

아! 내 세상에 태어났음을 원망 않고 보낸
어느 하루가 있었던가, 「허무한듸!」 허나
앞뒤로 덤비는 이리 승냥이 바야흐로 내 마음을
노리매
내 산 채 짐승의 밥이 되어 찢기우고 할퀴우라
내맡긴 신세임을

나는 독을 차고 선선히 가리라
막음 날* 내 외로운 혼魂 건지기 위하여

---

* 마지막 날

75

한 줌 흙

본시 평탄했을 마음 아니로다
구지 톱질하여 산산 찢어졌노라

풍경이 눈을 홀리지 못하고
사랑이 생각을 흐르지 못한다

지쳐 원망도 않고 산다

대체 내 노래는 어디로 갔느냐
가장 거룩한 곳이 이 눈물만

아쉰 마음 끝내 못 빼앗고
주린 마음 끄득 못 배불리고

어차피 몸도 피로워졌다
바삐 관에 못을 다져라

아무려나 한 줌 흙이 되는구나

강물

잠자리 서러워서서 일어났소
꿈이 고웁지 못해 눈을 떳소

벼개에 차단히 눈물은 젖었는듸
흐르다 못해 한 방울 애끈히 고이었소

꿈에 본 강물이 몹시 보고 싶었소
무럭무럭 김 오르며 내리는 강물

언덕을 혼자서 지니노라니
물오리 갈매기도 끼륵끼륵

강물은 철철 흘러가면서
아심찬이 그 꿈도 떠실고 갔소

꿈이 아닌 생시 가진 설움도
작고 강물은 떠실고 갔소

한길에 누어

팔다리 쭉 뻗고 한길에 펑 드러눕다
총총 백인 별이 방울지듯 치렁치렁
찬란만 저러 유구했다

사람아 왜 나를 귀찮게 흔들기냐
기껏해야 용수 같은 내 토굴 찾아들라고

한창 새벽 해와 길 있을 곳 없다
찬란만 저리 유구코나
내 기원도 세기를 넘어설가

세월이 감격을 좀먹길내
밤마다 주령을 졸라댔다

그래 사람들아 그렇게들 얌전키냐
하나도 서럽잖고 두 번 원통치도 않어
어린 자식 앉혀놓고 똑바른 말 못 할 테냐

그대 열두 담상 못 넘어뛰고 만
그 선비는 차라리 목마른 채 사약을 받었니라고

묘비명

생전에 이다지 외로운 사람
어이해 뫼 아래 비돌 세우오
초조론 길손의 한숨이라도
헤어진 고총에 자조 떠오리
날마다 외롭다 가고 말 사람
그래도 뫼 아헤 비돌 세우리
「외롭건 내 곁에 쉬시다 가라」
한 되는 한 마듸 삭이실*난가

79

호젓한 노래

그대 내 훗진 노래를 들으실까
꽃은 까득 피고 벌 떼 닝닝거리고

그대 내 그늘 없는 소리를 들으실까
안개 자욱히 푸른 골을 다 덮혔네

그대 내 흥 안 이는 노래를 들으실까
봄 물결은 왜 이는지 출렁거리네

내 소리는 꿰벗어 봄철이 실타리
호젓한 소리 가다가는 쓸쓸한 소리

어슨 달밤 빨안 동백꽃 쥐어 따서
마음씨 양 꽁꽁 쭈무러버리네

우감[*]

우렁찬 소리 한 마디 안 그리운가
내 비위에 꼭 맞는 그 한마디!
입에 돌고 귀에 아즉 우는구나

사십 갓 찬 나이 내 일찍 나서 좋다
창자가 짤리는 설움도 맛봐서 좋다
간 쓸개가 가까스로 남았거늘

아버지도 싫다 어느 이른 때 나섰다
아들도 싫다 너무 지나서 나왔다
내 나이 알맞다 가장 서럽게 자랐다

행복을 찾노라 모두들 환장한다
제 혼자 때문만 아니라는구나

주제 넘게 남의 행복까지!
갖다 부처님께 바쳐라 않는 마누라나 달래라

봄 되면 우렁찬 소리 여기저기 나는 듯해

---

[*] 문득 떠오르는 생각

자지러지다가도

　거저 되살아날 듯싶다만 내 보금자리는 하냥 서런

행복이 가득 차 있다

춘향

큰칼 쓰고 옥에 든 춘향이는
제 마음이 그리도 독했던가 놀래었다
성문이 부서져도 이 악물고
사또를 노려보던 교만한 눈
그 옛날 성학사成學士 박팽년이
불 지짐에도 태연하였음을 알았었니라
오! 일편단심

원통코 독한 마음 잠과 꿈을 이뤘으랴
옥방獄房 첫날 밤은 길고도 무서워라
설움이 사무치고 지쳐 쓰러지면
남강南江의 외론 혼魂은 불리어 나왔느니
논개! 어린 춘향을 꼭 안아
밤새워 마음과 살을 어루만지다
오! 일편단심

사랑이 무엇이기
정절이 무엇이기
그 때문에 꽃의 춘향 그만 옥사獄死한단말가
지네 구렁이 같은 변학도의
흉칙한 얼굴에 까무러쳐도

어린 가슴 달큼히 지켜주는 도련님 생각
오! 일편단심

상하고 멍든 자리 마디마디 문지르며
눈물은 타고 남은 간을 젖어 내렸다
버들잎이 창살에 선뜻 스치는 날도
도련님 말방울 소리는 아니 들렸다
삼경三更을 세오다가 그는 고만 단장*斷腸하다
두견이 울어 두견이 울어 남원 고을도 깨어지고
오! 일편 단심

깊은 겨울밤 비바람은 우루루루
피칠해논 옥 창살을 들이치는데
옥 죽음한 원귀들이 구석구석에 휙휙 울어
청절 춘향도 혼을 잃고 몸을 버려버렸다
밤새도록 까무럭치고
해 돋을 녘 깨어나다
오! 일편단심

---

* 창자가 끊어진다는 듯으로 마음이 몹시 슬프다는 뜻

믿고 바라고 눈 아프게 보고 싶던 도련님이
죽기 전에 와주셨다 춘향은 살았구나
쑥대머리 귀신 얼굴 된 춘향이 보고
이 도령은 잔인스레 웃었다 저 때문의 정절이
자랑스러워
「우리 집이 팍 망해서 상거지가 되었지야」
틀림없는 도련님 춘향은 원망도 안했니라
오! 일편단심

모진 춘향이 그 밤 새벽에 또 까무러쳐서는
영 다시 깨어나진 못했었다 두견은 울었건만
도련님 다시 뵈어 한을 풀었으나 살아날 가망은
아주 끊기고
온몸 푸른 맥도 확 풀려버렸을 법
출도 끝에 어사는 춘향의 몸을 거두며 울다
「내 변가보다 잔인 무지하여 춘향을 죽였구나」
오! 일편단심

집

내 집 아니라
늬 집이라
나르다 얼른 돌아오라
처마 난간이
늬들 가여운 소색임을 지음*터라

내 집 아니라
늬 집이라
아배 간 뒤 머난 날
아들 손자 잠도 깨우리
문틈 사이 늬는 몇 대채 서뤄 우느뇨

내 집 아니라
늬 집이라
은행잎이 나른갑드니
좁은 마루 구석에 품ㅁ인 듯 안겨들다
태고로 맑은 바람이 거기 사럿니라

오! 내 집이라

---

* 새나 짐승의 울음을 가려 잘 알아들음

86

열 해요 스무 해를
앉었다 누웠달 뿐
문밖에 바쁜 손이
길 잘못 들어 날 찾아오고

손대 살내음도 저릿슬 난간이
흔히 나를 않고 먼 산 판다
한두 쪽 흰 구름도 사러지는듸
한두엇 저즈른 넷일이
파아란 하늘만이 아슬하다

북

자네 소리 하게 내 북을 잡지

진양조 중머리 중중머리
엇머리 자진머리 휘몰아보아

이렇게 숨결이 꼭 마저사만 이룬 일이란
인생에 흔치 않어 어려운 일 시원한 일

소리를 떠나서야 북은 오직 가죽일 뿐
헛 때리면 만갑萬甲이도 숨을 고쳐 쉴밖에

장단을 친다는 말이 모자라오
연창*演唱을 살리는 반주쯤은 지나고
북은 오히려 컨닥타요

떠받는 명고**名鼓인데 잔가락을 온통 잊으오
떡 궁! 동중정動中靜이오 소란 속에 고요 있어
인생이 가을 같이 익어 가오

---

* 공연하다. 노래부르다
** 북 연주자

자네 소리 하게 내 북을 치지

바다로 가자

바다로 가자 큰 바다로 가자
우리 인제 큰 하늘과 넓은 바다를 마음대로 가졌노라
하늘이 바다요 바다가 하늘이라
바다 하늘 모두 다 가졌노라
옳다 그리하여 가슴이 뻐근치야
우리 모두 다 가자구나 큰 바다로 가자구나

우리는 바다 없이 살았지야 숨 막히고 살았지야
그리하여 쪼여 들고 울고불고 하였지야
바다 없는 항구 속에 사로잡힌 몸은
살이 터져나고 뼈 퉁겨나고 넋이 흩어지고
하마터면 아주 거꾸러져 버릴 것을
오! 바다가 터지도다 큰 바다가 터지도다

쪽배 타면 제주야 가고 오고
독목선 왜섬이사 갔다 왔지
허나 그게 바달러냐
건너 뛰는 실개천이라
우리 삼 년 걸려도 큰 배를 짓잤구나
큰 바다 넓은 하늘을 우리는 가졌노라

우리 큰 배 타고 떠나가자구나
창랑을 헤치고 태풍을 걷어차고
하늘과 맞닿은 저 수평선 뚫으리라
큰 호통 하고 떠나가자구나
바다 없는 항구에 사로잡힌 마음들아
툭 털고 일어서자 바다가 네 집이라

우리들 사슬 벗은 넋이로다 풀어놓인 겨레로다
가슴엔 잔뜩 별을 안으렴아
손에 잡히는 엄마 별 아기 별
머리 위엔 그득 보배를 이고 오렴
발 아래 쫙 깔린 산호요 진주라
바다로 가자 우리 큰 바다로 가자

놓인 마음

가을날 땅검이 아름풋한 흐름 우를
고요히 실리우다 휜 듯 스러지는 것
잊으봄 보랏빛의 낡은 내음이뇨
임으 사라진 천 리 밖의 산울림
오랜 세월 식닷긴 으스름한 파스텔

애닲은 듯한
좀 서러운 듯한

오…… 모도다 못 들아오는
먼─ 지난날의 놓인 마음

연2

　좀평나무 높은 가지 끝에 얼킨 다 해진 흰 실낫을
남은 몰나도
　보름 전에 산을 넘어 멀리 가 버린 내 연의 한 알
남긴 설움의 첫 씨
　태어난 뒤 처음 높이 띄운 보람 맛본 보람
　않 끈어졋드면 그럴 수 없지
　찬바람 쐬며 콧물 흘리며 그 겨울내 그 실낫
치어다보러 다녔으리
　내 인생이란 그때버텀 벌써 시든 상 싶어
　철든 어른ㄷ을 뽐내다가도 그 흰 실낫같은 병의
실마리
　마음 어느 한 구석에 도사리고 있어 얼신거리면
　아이고! 모르지
　불다 자는 바람
　타다 꺼진 불똥
　아! 인생도 겨레도 다 멀어지는구나

93

절망

옥천 긴 언덕에 쓰러진 죽엄 때죽엄
생혈은 쏟고 흘러 십 리 강물이 붉었나이다
싸늘한 가을바람 사흘 불어 피강물은 얼었나이다
이 무슨 악착한 죽엄이오니까
이 무슨 전세에 없는 참변이오니까
조국을 지켜주리라 믿은 우리 군병의 창 끝에
태극기는 갈갈히 찢기고 불타고 있습니다.
별 같은 청춘의 그 총총한 눈물은
악의 독주에 가득 취한 군병의 칼 끝에
모조리 도려 빼이고 불타 죽었나이다
이 무슨 재변이오니까
우리의 피는 그리도 불순한 배 있었나이까
무슨 정치의 이름 아래
무슨 뼈에 사모친 원수였기에
훗한 겨레의 아들딸이였을 뿐인디
이렇게 유황불에 타 죽고 말었나이까
근원이 무에던지 캘 바이 아닙니다
죽어도 죽어도 이렇게 죽는 수도 있나이까
산 채로 살을 깍기여 죽었나이다
산 채로 눈을 뽑혀 죽었나이다
칼로가 아니라 탄환으로 쏘아서 사지를 갈갈히 끊어

불태웠나이다

   흣한 겨레이 피에도 이렇안 불순한 피가 석겨
있음을 이제 참으로 알았나이다
   아! 내 불순한 핏줄 주저* 바들 핏줄
   산고랑이나 개천가에 버려둔 채 깜앗케 연독**한
죽엄의 하나하나

   탄환이 쉰 방 일흔 방 여든 방 구멍이 뚫고
나갔습니다.
   아우가 형을 죽였는데 이럿소이다
   무슨 뼈에 사무친 원수였기에
   무슨 정치의 탈을 썻기에
   이래도 이 민족에 희망을 부쳐볼 수 있사오리까
   생각은 끈기고 눈물만 흐릅니다.

* 저주
** 남에 있는 독

겨레의 새해

해는 저물 적마다 그가 저지른 모든 일을 잊음의 큰
바다로 흘려보내지만
우리는 새해를 오직 보람으로 다시 맞이한다
멀리 사천이백팔십일 년
흰 뫼에 흰 눈이 쌓인 그대로
겨레는 한결같이 늘고 커지도다
일어나고 없어지고 온갖 살림은
구태여 캐내어 따질 것 없이
긴긴 반만년 통틀어 오롯했다

사십 년 치욕은 한바탕 험한 꿈
사 년 쓰린 생각 아즉도 눈물이 돼
이 아침 이 가슴 정말 뻐근하거니
나라가 처음 만방평화의 큰 기둥 되고
백성이 인류 위해 큰일을 맡음이라
긴 반만년 합쳐서 한 해로다
새해 처음 맞는 겨레의 새해
미진한 대업 이루리라 거칠 것 없이 닫는 새해
이 첫날 겨레는 손 맞잡고 노래한다

망각

   걷던 걸음 멈추고 서서도 얼컥 생각키는 것
죽음이로다
   그 죽음이사 서른 살 적에 벌써 다 잊어버리고
살아왔는디
   왠 노릇인지 요즘 자꾸 그 죽음 바로 닥쳐온 듯만
싶어져
   항용 주춤 서서 행길을 호기로이 행상을 보랐고
있으니

   내 가버린 뒤도 세월이야 그대로 흐르고 흘러가면
그뿐이오라
   나를 안아 기르던 산천도 만년 하냥 그 모습
아름다워라
   영영 가버린 날과 이 세상 아무 가겔 것 없으매
   다시 찾고 부를 인들 있으랴 억만영겁이 아득할 뿐

   산천이 아름다워도 노래가 고왔더라도 사랑과
예술이 쓰고 달금하여도
   그저 허무한 노릇이어라 모든 산다는 것 다
허무하오라
   짧은 그동안이 행복했던들 참다웠던들 무어 얼마나

다를라더냐
　다 마찬가지 아니 남만 나을러냐? 다 허무하오라

　그날 빛나던 두 눈 딱 감기어 명상한대도 눈물은
흐르고 허덕이다 숨 다 지면 가는 거지야
　더구나 총칼 사이 헤매다 죽는 태어난 비운의
겨레이어든
　죽음이 무서웁다 새삼스레 뉘 비겁할소냐 마는
비겁할소냐 마는
　죽는다 ― 고만이라 ― 이 허망한 생각 내 마음을 왜
꼭 붙잡고 놓질 않느냐

　망각하자 ― 해 본다 지난날을 아니라 닥쳐오는 내
죽음을
　아 ! 죽음도 망각할 수 있는 것이라면
　허나 어디 죽음이사 망각해질 수 있는 것이냐
　길고 먼 세기는 그 죽음 다 망각하였지만

발짓

건아한 낮의 소란 소리 풍겼는듸 금시 퇴락하는 양
묵은 벽지의 내음 그윽하고
저쯤 에사 걸려 있을 희멀끔한 달
한 자락 펴진 구름도 못 말어 놓은 바람이어니
묵근히 옮겨 딛는 밤의 검은 발짓만 고되인 넋을
짓밟누나
아! 몇 날을 더 몇 날을
뛰어 본다리 날아 본다리
허잔한 풍경을 안고 고요히 선다

행군

북으로 북으로
울고 간다 기러기

남방 대숲 밑을
뉘 후여 날켰느뇨

낄르르 낄르
차운 어슨 달밤

언 하늘 스미지 못해
처량한 행군

낄르! 가냘프게 멀다
하늘은 목매인 소리도 낸다

5월 아침

비 개인 5월 아침
혼란스런 꾀꼬리 소리
찬엄燦嚴한 햇살 퍼져 오릅내다

이슬비 새벽을 적시 울 즈음
두견의 가슴 찢는 소리 피어린 흐느낌
한 그릇 옛날 향훈香薫이 어찌
이 맘 홍근 안 젖었으리오마는
이 아침 새 빛에 하늘대는 어린 속잎들
저리 부드러웁고
발목은 포실거리어
접힌 마음 구긴 생각 이제 다 어루만져졌나보오

꾀꼬리는 다시 창공을 흔드오
자랑찬 새 하늘을 사치스레 만드오
사향麝香 냄새도 잊어버렸대서야
불혹이 자랑이 아니 되오
아침 꾀꼬리에 안 불리는 혼이야
새벽 두견이 못 잡는 마음이야

한낮이 정밀*하단들 또 무얼하오

저 꾀꼬리 무던히 소년인가 보오
새벽 두견이야 오—랜 중년이고
내사 불혹을 자랑턴 사람.

수풀 아래 작은 샘

언제나 흰 구름 떠가는 높은 하늘만 내어다보는
수풀 속의 맑은 샘
넓은 하늘의 수만 별을 그대로 총총 가슴에 박은
작은 샘
두레박이 쏟아져 동이 갓을 깨지는 찬란한 떼 별의
흩는 소리
얽혀져 잠긴 구슬 손결이
웬 별나라 휘 흔들어버리어도 맑은 샘
해도 저물녘 그대 종종걸음 훤듯 다녀갈 뿐 샘은
외로워도
그 밤 또 그대 날과 샘과 셋이 도른도른
무슨 그리 향그런 이야기 날을 세웠나
샘은 애끈한 젊은 꿈 이제도 그저 지녔으리
이 밤 내 혼자 내려가 볼꺼나 내려가 볼거나

언 땅 한길

언 땅 한길 파도 파도
괭이는 아프게 맞치더라
언-대로 묻어두기 불쌍하기사
봄 되어 녹으면 울며 보채리

두자 세치를 눈이 덮여도
뿌리는 얼신 못 건드려
대 죽고 난 이 삼월 파르스름히
풀잎은 깔리네 깔리네

지반*추억 地畔追憶

깊은 겨울 햇빛이 따사한 날
큰 못가의 하마 잊었던 두던 길을 사뿐 거닐어가다
무심코 주저앉다
구을다 남어 한 곳에 소복히 쌓인 낙엽 그 위에
주저앉다
살르 빠시식 어쩌면 내가 이리 짖구진고
내 몸 푸를 내가 느끼거늘 아무렇지도 않은 듯
앉어지다?
못물은 치위에도 달른다 얼지도 않는 날세 낙엽이
수없이 묻힌 검은 뻘
흙이랑 더러 드러나는 물 부피도 많이 줄었다
흐르질 않더라도 가는 물결이 금 지거늘
이 못물 왜 이럴고 이게 바로 그 죽음의 물일가
그저 고요하다 뻘 흙 속엔 지렁이 하나도
꿈틀거리지 않어? 뽀글하지도
않어 그저 고요하다 그 물 위에 떨어지는 마른 잎
하나도 없어?
햇볕이 따사롭기야 나는 서어하나마 인생을
느끼는듸

---

* 연못의 변두리

연아문해? 그때는 봄날이러라 바로 이 못가이러라
그이와 단 둘이 흰 모시 진설 두르고 푸르른 이끼도
행여 밟을세라 돌 위에
앉고 부풀은 봄 물결 위에 떠노는 백조를 희롱하여
아즉 청춘을 서로 좋아하였었거니
아! 나는 이지음 서어하나마 인생을 늦기는듸

천리를 올라온다

천리를 올라온다
또 천리를 올라들 온다
나귀 얼렁소리 닿는 말굽소리
천운의 큰 뜻은 모여들다 모여들다

남산 북악 갈래갈래 뻗은 골짜기
엷은 안개 그 밑에 묵은 이끼와 푸른 송백
낭랑히 울려나는 청의동자의 글 외는 소리
나라가 덩그러니 이룩해지다

인경종이 울어 팔문이 굳이 닫히어도
난신* 외구더러 성을 넘고 불을 놓다
퇴락한 금석전각 이젠 차라리 겨레의 향그런
재화**로다

찬란한 파고다여. 우리 그대 앞에 진정 고개 숙인다
철마***가 터지던 날 노들 무쇠다리
신기한 먼 나라를 사뿐 옮겨다 놓았다

---

* 나라를 어지럽히는 신하
** 빛나는 재주 또는 뛰어난 재능
*** 쇠로 만든 말이라는 뜻으로 기차를 비유적으로 이르는 말

서울! 이 나라의 화사한 아침 저자러라
　겨레의 새 봄바람에 어리둥절 실행*한 숫처녀들
없었을 거냐

　남산에 올라 북한관악을 두루 바라다보아도
　정녕코 산정기로 태어난 우리들이라
　우뚝 솟은 뵛부리마다 고물고물 골짜기마다
　내 모습 내 마음 두견이 울고 두견이 피고

　높은 재 얕은 골 흔들리는 실마리 길
　그윽하고 너그럽고 잔잔하고 산뜻하지
　백마 호통소리 나는 날이면
　황금 꾀꼬리 희비교향을 아뢰리라

---

* 도의에 어그러진 좋지 못한 행동을 함 또는 그런 행실

어느 날 어느 때고

어느 날 어느 때고
잘 가기 위하여
평안히 가기 위하여
몸이 비록
아프고 지칠지라도
마음 평안히
가기 위하여
일만 정성
모두어보리
멋없이 봄은 살같이 떠나고
중년은 하 외로워도
이 허무에선 떠나야 될 것을
살이 삭삭
여미고 썰릴지라도
마음 평안히
가기 위하여
아! 이것
평생을 닦는 좁은 길

오월한

모란이 피는 오월 달
월계도 피는 오월 달
온갖 재앙이 다 벌어졌어도
내 품에 남는 다순 김 있어
마음실 튀기는 오월이러라
무슨 대견한 옛날었으랴
그래도 못 잊는 오월이랴
청산을 거닐면 하루 한 치씩
뻗어 오르는 풀숲 사이를
보람만 달리던 오월이러라
아무리 두견이 애닯아해도
황금 꾀고리 아양을 펴도
싫고 좋고 그렇기보다는
풍기는 냉음에 진을 겪건만
어느새 다 해-진 오월이러라

마음의 언어와 '촉기燭氣'의 미의식의 여정

홍용희

  김영랑은 1930년『시문학』파의 가장 핵심적인 창립 멤버이다.『시문학』을 창간한 박용철의 "내가 시문학을 하게 된 것은 영랑 때문"이었다는 고백에서도 볼 수 있는 바처럼 김영랑은『시문학』파의 순수시론의 지향성에 가장 부합하는 면모를 보인다.『시문학』파의 가장 핵심적인 시적 지향성은 박용철이 김기림의 「정오吾前의 시론詩論」에서 표방한 "생리生理에서 출발한 시를 공격하고 지성의 고안考案을 주장한 것"을 비판하면서 오히려 시란 "생리生理의 소산"이라고 강조한 논지에서 선명하게 드러난다. 박용철이 주장한 생리에 바탕을 둔 시란 어떤 특정한 감정이나 형이상학적인 지성의 요소가 배제된 자연발생적인 서정이 순수하게 표출된 시를 가리킨다. 그리하여『시문학』파의 시 세계는 주제론적인 측면에서 볼 때에도 모더니즘의 문명비판이나 내면 성찰, 생명파의 생의 근원적 고뇌, 청록파의 자연 인식과 같은 형이상학적인 지평과는 거리가 먼 특성을 보인다.

  『시문학』파의 지성적 요소가 개입되기 이전의 자연발생적인 정서적 양상이 김영랑의 시 세계에서는 "내 마음"의 감각과 리듬으로 표상된다. 1930년『시문

학』에「동백닢에 빗나는 마음」을 비롯한 열 세편의 작
품을 발표하면서 시단에 등장한 이래 1950년 작고하
기까지 그가 남긴 87 편의 시에서 가장 압도적으로 많
이 등장하는 시어는 "마음"이다. 그의 시 세계에서
"마음"이 자연발생적인 근원 심상에 해당한다는 것은
다음과 같은 시편을 통해 확인해 볼 수 있다.

> 돌담에 소색이는 햇발가치
> 풀아래 우슴짓는 샘물가치
> 내마음 고요히 고혼봄 길우에
> 오날하로 하날을 우러르고 싶다
> 　　「돌담에 소색이는 햇발」(1930.5) 일부

　가장 근원적인 자연심상과 동일성을 지향하는 주체
로서 "내 마음"이 등장하고 있다. "내 마음"이 곧 "햇
발"과 "샘물"이 되고자 하는 것이다. 그리하여 "오날
하로 하날을 우러르고 싶다". 온종일 하늘을 우러르고
싶다는 것은 이미 인간의 지성적 판단과 의지의 차원
밖에서 가능한 목소리이다. 가장 근원적인 자연적 자
아로서의 인간의 "마음"이 강조되고 있는 것이다.
　그의 "마음"은 이처럼 본질적이고 자연발생적인 근
원심상에 해당하기 때문에 이를 제대로 이해하고 공
유할 수 있는 대상을 찾기란 어려운 일이다. 다음 시편
은 이러한 정황을 노래하고 있다.

내마음을 아실 이
내혼자ㅅ마음 날가치 아실 이
그래도 어데나 게실것이면

내마음에 때때로 어리우는 티끌과

소김없는 눈물의 간곡한 방울방울
푸른밤 고히맺는 이슬가튼 보람을
보밴듯 감추엇다 내여드리지

아! 그립다
내혼자ㅅ마음 날가치 아실이
꿈에나 아득히 보이는가

행말근 옥玉돌에 불이 다러
사랑은 타기도 하오련만
불비테 연긴듯 히미론 마음은
사랑도 모르리 내혼자ㅅ마음은

「내마음을아실이」, (1931.10) 전문

시적 정조와 감각이 매우 여리고 섬세하고 아름답다. 주로 유성음(ㄴ, ㄹ, ㅁ, ㅇ)으로 이루어진 부드럽고 결고운 시적 어감이 형체가 없는 "마음"의 심상을 감각화 하는데 효과적인 역할을 하고 있다. 시상의 흐름을 따라가면, "내 마음" "날가치 아실이"는 그 어디에도 없다. 그것은 다른 사람들과 공유하기 어려운 깊은 내면의 고유한 개별성에 해당되기 때문이다. 그리하여 그곳에는 "소김업는 눈물"이나, 은밀하게 맺히는 "이슬가튼 보람"이 머문다. 자신의 가장 순연한 진정성과 본래의 모습이 내재하는 곳이다.

시적 화자는 자신의 간곡한 내면을 공유할 수 있는 대상을 그리워한다. 그러나 그것은 "꿈에나 아득히 보"일 따름이다. "불비테 연긴듯" 스쳐가는 "히미론 마음"을 감지할 수 있는 대상은 어디에도 없기 때문이다. 이점은 물론 "내 마음"의 은밀성을 강조하는 것이지만 동시에 세속화된 외부세계와의 불화를 가리키는 것으로도 해석된다. 외부세계는 이미 그 본성을 상실했기 때문에 자신의 순연한 "마음"과 소통하지 못한다는 것이다.

한편, 이 시편은 외부 세계의 비루성과 그에 따른 자신과의 소통부재에서 오는 단절감과 소외의식을 노래하고 있지만 기본적인 시적 미감은 가볍고 투명하고 순백하다. 시적 내용과 표현 방식이 서로 대칭적으로 충돌하고 교차하는 '엇'의 형식을 이루고 있다. 슬픔과 비애를 슬픔과 비애로 직접 표출하지 않고 오히려 아름답고 경쾌한 시적 표현을 통해 노래하는 이러한 역설의 방식은 김영랑이 직접 전언한 바 있는 "촉기燭氣"의 미의식에 해당되는 것으로 풀이된다.

> 영랑永郞은 남창男唱으론 임林방울의 소리를 좋다 하고, 여창女唱으론 이화중선李花中仙과 그 아우 이중선李中仙의 소리를 좋다고 소개紹介하면서, 특特히 이중선의 소리엔 '촉기燭氣'가 있어 더 좋다고 했다.
> '촉기燭氣'라는 것은 무엇인가 물으니, 그것은 같은 슬픔을 노래부르면서도 그 슬픔을 딱한데 떨어뜨리지 않는 싱그러운 음색音色의 기름지고 생생生生한 기운을 말하는 것이라 했다.
> (중략) 그리고 동시에 영랑이 중선中仙의 소리를 소개 하면서 말하고 있는 그 '촉기燭氣'라는 것은, 바로 영랑 자신의 시의 특질이기도 하다는 것을 나는 이때 깨달았다. 슬픔이라 하더래도 그의 시는 모두 충분한 '촉기燭氣'들이 있는 것이다. (서정주「영랑의 일」,『현대문학』96호(1962.12))

촉기란 무엇인가? "슬픔을 노래 부르면서도 그 슬픔을 딱한데 떨어뜨리지 않는 싱그러운 音色의 기름지고 생생生生한 기운"을 가리킨다. 바로 이 전통적인 판소리의 미의식인 "촉기"가 앞의 시편「내마음을아실이」의 미적 방법론과 상응한다는 점을 알 수 있다.

전라도 강진의 대지주 집안이었던 김영랑은 집 뜰에 300여 그루의 모란을 알뜰히 가꾸고 소리꾼을 수시로 청하여 풍류를 즐긴 것으로 전한다. 그의 시편에서 「북」,「거문고」,「가야금」등의 악기가 제목으로 전면에 등장하는 데에서도 볼 수 있는 바처럼, 거문고, 북, 가야금 등의 전통 악기를 가까이 했으며, "서울에서 외국인 초청 음악회나 유명한 음악회가 있다 하면 원근을 막론하고 올라와서" 관람할 정도로 열성적이었다고 한다. 이와 같은 김영랑의 음악과의 깊은 친연성이 '촉기'의 미적 방법론을 내면화하여 16세의 이른 나이에 겪은 상처喪妻의 고통과 식민지 현실의 고통 속에서도 빼어난 언어 감각과 유미주의적 미의식을 유감없이 구사할 수 있었던 동력이 되었던 것으로 보인다. 또한 그의 시편에는 "눈물/슬픔/서러움/애닲음" 등의 직접적인 정감의 이미지가 자주 등장하지만 방만한 감상으로 편향되지 않고 내밀한 절조를 견지하는 양상을 보인다. 이점 역시 '촉기'의 방법론이 지닌 역설적 긴장의 미의식의 연속성에서 파악된다.

그러나 이러한 김영랑의 자연발생적인 순연성을 지향하는 마음의 노래는 점차 파탄의 행로를 걷게 된다. 1935년 『영랑시집永郎詩集』이 발간된 이후 4년여 공백기를 거친 이후 발표된 중기시와 다시 6년여의 공백기를 지나 발표하기 시작한 후기시편들에서는 시적 주조음을 이루던 마음의 근원 심상과 촉기의 미의식이 사라지고 직서적인 화법과 날카로운 부정의 언어가 전면에 등장한다. 초기 시세계의 '자연 발생적인' 차원의 마음의 질서가 파탄되면서 현실 삶에 대한 비애, 부정, 허무의식 등이 '날 것'의 언어로 직접 표출되는 양상을 보이는 것이다. 이때, 그의 시 세계에서 시적 언어를 불러들이고 모아서 절묘한 미감으로 형상화해 내는 남도의 전통 운율도 휘발되고 만다. 일제의 가혹한 탄압과 해방 직후의 혼란 그리고 전쟁으로 이어진 격동의 역사가 마음의 평정과 운용원리를 파탄시킨 것이다. 이것은 또한 그의 탈역사적인 마음의 언어가 격동의 역사의 소용돌이를 헤쳐 나가지 못한 채 파산되고 만 것으로 해석된다.

다음 시편은 해방정국의 극심한 혼란이라는 '배반된 희망' 속에서 감당할 수 없는 충격과 절망에 시달리는 면모의 일단을 보여준다.

> 오…… 망亡해 가는 조국祖國이모습
> 눈이 참아 감겨젓슬까요
> 보아요 저흘러내리는 싸늘한 피의줄기를
> 피를 흠벅마신 그해가 일곱번 다시뜨도록
> 비린내는 죽엄의거리를 휩쓸고 숨다젓나니
> 처형處刑이 잠시 쉬논그새벽마다
> 피를 싯는물거車 눈물을퍼부어도 퍼부어도

보아요 저흘러내리는생혈의 싸늘한 피줄기
를

「새벽의 처형장處刑場」(1948.11.14)일부

잔혹한 피의 현장이 묘사되고 있다. 좌우 이념 대립
이 극심해지면서 "눈이 참아 감겨"지지 않는 주검들
이 난무하고 있다. 시적 화자의 놀랍고 두렵고 안타까
운 심정이 직서적으로 분출되고 있다. 순연한 마음의
노래가 시적 원형을 이루는 김영랑의 시 세계는 해방
직후의 충격적 상황 속에서 완전히 방향 감각과 판단
능력을 상실하게 된 것이다.

그의 시적 삶은 점차 현실 부정의 정신을 스스로 날
카롭게 다듬으면서 특유의 정서적 감성과 '시대적 리
듬'을 획득할 수 있는 새로운 신생의 길을 열어 가야
하는 당위적 국면에 이른 것이다. 그러나 1950년 9월
28일 한국전쟁의 소용돌이는 민간인이었던 김영랑의
목숨마저 앗아가고 만다. 이로써 그의 시 세계에서 시
적 완성도가 가장 빛났던 순연한 마음의 노래가 다시
회복될 가능성은 완전히 차단되고 만다. 이것은 김영
랑의 시적 삶의 비극이면서 동시에 한국 시사의 큰 손
실이다. 그래서 김영랑이 남긴 다음 시편은 그의 시적
삶의 안타까움이면서 동시에 독자들의 안타까움이기
도 하다.

오…… 모도다 못도라오는

먼 ─ 지난날의 놓인마음

「놓인 마음」(1948.10)일부

---

* 홍용희(문학평론가. 시인 경희사이버대학교 미디어문예창작학과 교수)
1995년 중앙일보 신춘문예 평론부문 등단.『현대시의 정신과 감각』『통일시
대와 북한문학』『아름다운 결핍의 신화』『대지의 문법과 시적 상상』『김지하
문학연구』『꽃과 어둠의 산조』등

시인의 자료

영랑의 유년시절

결혼식날의 영랑

영랑의 중년

1930년 순수전문지인 『시문학』 1호 창간 이후
김영랑과 박용철

1949년 12월 14일 서울 경회루에서의 김영랑 시인

강진 김영랑 생가

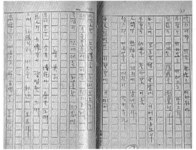

시인의 육필

『시문학』 창간호

알만 모를만 숨 쉬고
눈물 맺은
내 청춘의 어느 날
서러운 손짓이여

김영랑 시인 연보

1903년(1세) 1월 16일 전라남도 강진의 부유한 집안에서 장남으로 출생. 본명은 김윤식金允植. 본관은 김해金海. 본명은 김윤식金允植. 영랑은 아호인데 『시문학』에 작품을 발표하면서부터 사용하기 시작하였다. 전라남도 강진 출신. 아버지 김종호金鍾湖와 어머니 김경무金敬武의 5남매 중 장남이다.

1909년(7세) 강진보통학교에 입학.

1916년(14세) 결혼했으나 1년 반 만에 사별함.

1917년(15세) 휘문의숙에 입학. 조선중앙기독교청년회관에서 영어를 공부하고 난 다음 1917년 휘문의숙에 입학, 이 때부터 문학에 대한 관심을 가지기 시작하였다. 이때 휘문의숙에는 홍사용洪思容 · 안석주安碩柱 · 박종화朴鍾和 등의 선배와 정지용鄭芝溶 · 이태준李泰俊 등의 후배, 그리고 동급반에 화백 이승만李承萬이 있어서 문학적 안목을 키우는 데 직접 · 간접으로 도움을 받았다.

1919년(17세) 휘문의숙 3학년 때인 1919년 3·1운동이 일어나자, 고향 강진에서 의거하려다 일본경찰에 체포되어 6개월간 대구형무소에서 옥고를 치렀다.

1920년(18세) 일본으로 건너가 아오야마 학원에 입학. 1920년에 일본으로 건너가 아오야마학원青山學院 중학교 때부터 바이올린을 배웠으며 남다른 음악의 관심으로 성악 전공자가 되고 싶었으나 아버지의 반대로 영문과로 진학한다. 여기서 김영랑은 평생 친구가 된 박용철을 만난다. 박용철은 영랑에게 시 쓰기로 이끌었다. 이무렵 독립투사 박렬朴烈, 시인 박용철朴龍喆과도 친교를 맺었다. 그러나 1923년 관동 대지진으로 학업을 중도포기한다. 그는 고향과 서울을 오가며 사귄 작가 최승일의 집에 드나든다. 영랑은 최승일의 여동생 최승희와 사귀기도 했다. 최승희는 해방후 당대 최고의 무용가로 월북을 했다.

1925년(23세) 향리에 머물면서 1925년에는 개성출신 김귀련金貴蓮과 재혼하였다.

1930년(28세) 『시문학』 창간호에 시「동백잎에 빛나는 마음」,「언덕에 바로 누워」,「쓸쓸한 뫼 앞에」등 30편 발표. 박용철, 정지용 등과 더불어『시문학』동인 참가. 이후『문학』·『여성』·『문장』·『조광』·『인문평론』· 『백민』·『조선일보』등에 80여편의 시와 역시譯詩 및 수필·평문등을 발표하였다.

1934년(32세) 『문학』 창간호에 시「모란이 피기까지는」 등 발표.

1935년(33세) 첫 시집『영랑시집』발간.

1939년(37세) 『문장』에 시 「독을 차고」, 『시림』에 시 「전신주」 발표.

1945년(43세) 광복 후 우익 운동에 참여. 강진에서 대한독립촉성국민회 결성, 단장 역임. 광복 후 은거생활에서 벗어나 사회에 적극 참여하여 강진에서 우익운동을 주도하였고, 대한독립촉성회에 관여하여 강진대한청년회 단장을 지냈으며, 1948년 제헌국회의원선거에 출마하여 낙선하기도 하였다.

1949년(47세) 『영랑시선』 간행. 공보처 출판국장을 지내기도 하였다. 평소 음악에 대한 조예가 깊어 국악이나 서양명곡을 즐겨 들었고, 축구·테니스 등 운동에도 능하여 비교적 여유있는 삶을 누렸다.

1950년(48세) 9·28수복 당시 포탄 파편에 맞아 사망. 이태원 남산 기슭에 가매장.

1954년 묘지는 서울 망우리에 이장. 시비는 광주광역시 광주공원에 박용철의 시비와 함께 있고, 고향 강진에도 세워졌다.

1981년 유고시집 『모란이 피기까지는』 간행.

엮은이	신현림 시인. 사진가

정본을 중심으로 새롭게 편집,영랑의 시가 독자에게 더
가까울 수 있게 제목없이 번호만 있던 1부 각 시마다
제목을 붙였습니다. 시집 제목도 새롭게, 영랑스럽게
『정든 달』로 묶었습니다.

한국 대표시 다시 찾기 101

정든 달
김영랑

1판1쇄인쇄	2018년 1월 25일
1판1쇄발행	2018년 2월 1일
지은이	김영랑
펴낸이	신현림
펴낸곳	도서출판 사과꽃
	서울 종로구 옥인길74 (3-31)
이메일	abrosa@hanmail.net
전화	010-9900-4359
등록번호	101-91-32569
등록일	2012년 8월 27일
편집진행	사과꽃
표지디자인	정재완
내지디자인	강지우
인쇄	신도인쇄사

ISBN	979-11-88956-00-5 04810
	979-11-962533-0-1 (세트) 04810

CIP2018002112

값 7,700원